句集

俳鴉

はいがらす
Hara Masaji

原満三寿

深夜叢書社

俳鴉　目次

猫と月光　5
熱い舌を刺す　37
やはり逝くのか　67
夜明けの晩に　99
井戸に棲むみ空　129
あとがき　156

カバー装画――与謝蕪村
「鳶・鴉図」（部分）
装丁――――高林昭太

句集

俳鴉

はいがらす

原満三寿

猫と月光

俳鴉　猫と月光ふんじゃった

俳鴉　野面を月と分かちあい

俳鴉　火炎の蝶を羨望す

俳鴉　嘴(くち)の朝つゆ砂金めく

俳鴉　花も嵐も鷲づかみ

俳鴉　苔むす庭に爪たてる

俳鴉　その縄張りに昼の小火

俳鴉　絶滅危惧種を免れず

流木の夢に離れぬ土左衛門

老犬と氷雨に鎮もる　そんな日も

雨脚が山とわが肩ふんでゆく

涸れ川を渡るに全身じゃぶじゃぶす

春の川　はしゃぐ娘の鰓呼吸

夏の川　滾りをつくす面構え

百鬼夜行さまで灯火の紅葉川

紅葉した川面に惑う雨の裸灯

マッチ売りの少女は売らぬ唐朱瓜（カラス）

鬼の児の小匣に恐竜・鳥瓜

禿頭を灯しに群がる烏瓜

身辺の迷い仲間に烏瓜

春の蠅　解体新書にもみ手して

夏の蠅　酔いどれ船を舐めまわす

秋の蠅　旅人かへらず待ちぼうけ

冬の蠅　学問のすゝめに叩頭す

風光るアヒルと駆ける扁平足

驟雨きて疑心暗鬼も駆けだしぬ

山女焼く死にぞこないと死んだ奴

ねむりたる梯子のてっぺんカシオペア

出奔の猫を誑(たら)すは三毛の羈旅

猫かえる痴情のもつれは嘘多し

夢めぐる枯野をゆくにロシナンテ

紅雨止むヨモツヒラサカ騅逝かず

温暖化の地球（ぢだま）をスカラベもてあまし

陽炎へ　スカラベが押す原発炉

スカラベが書斎の垢を丸めたり

迷い人　スカラベの後について行く

炎あげ連なる蟻や恐山

口寄せの嬰児へ乳張る蟬しぐれ

闇ふかしアテルイ*の怒　凍裂す

*蝦夷の族長、阿弖流為

みちのくに未生仏多し吾亦紅

人嫌いの山女（やまひめ）*つれて峠越え

*アケビの異称

黄落の道がうながす泣き別れ

水奔るある日のアヒル村をでる

草をゆく偶蹄目とひとつ空

はなれ雲　一茶はアイヌに心寄せ

＊「あとがき」参照

三門に手中の凍蝶そっと置く

窓あける老いた猫ほどの風景に
砂時計ふりむくたびに誰か堕つ

黒い雨　人影石*をもジェノサイド

*広島原爆の熱線で石段の人間が一瞬で焼かれた影の跡

暗緑の皚すむ森の気鬱かな

ベロ藍の背鰭らしきとすれ違う
あま色の木菟を抱く少女たち

綾取りにからまれ俤あかね色

雨の夜はオハジキとばす跫音へ

折紙の古蝶は灯影(ほかげ)で戯(たわ)けたる

お手玉のおとこさんにんひとり死人

ブランコの臨む天辺〈天の病む〉*

*石牟礼道子「祈るべき天とおもえど天の病む」

ブランコの通過儀礼や文に泣く

鞦韆の青娥に羽音せぬものか

鞦韆が発光するんだ眠れぬ夜

熱い舌を刺す

俳鴉　熟柿に熱い舌を刺す

俳鴉　芙蓉の空の余計者

俳鴉　蕾のささやき盗み聞く

俳鴉　花の声きく地獄耳

俳鴉　木漏れる朝の匂い好き

俳鴉　紅葉の宴に招かれず

俳鴉　常世にまっぴら仁義きる

俳鴉　月夜の侘び寝も芸の内

霧の壁きりさき小径が象(かたち)みせ

森に棲む小径が〝おいで〟と言うのです

子供らをひきつれ小径は隠沼へ

まみどりの童子（わらし）を小径が消してゆく

人ころぶ萩はべそかく風の径

秋深し寡黙な径に話しかけ

人語きえ天道虫とおなじ径

径はずれ死螢いっぴき手で囲う

みな雫　半裸の草笛おどる径
ある径へ〝おめが好きだ〟と実がおちる

赤トンボのせた自転車のせた道
銀漢を追っかけてゆく道を追う

さ迷えりうり、り、ずん、*国家無答責

*四~五月頃の沖縄

洞窟(がま)の夏　戦争被害受忍論

スイッチョが誘うは出口か入口か

且つ散りぬ殺仏殺祖に刃物はいらぬ

立木仏ねむりにつくや青葉木菟

春の雨ふりみふらずみ微笑仏

秋の旅みちづれいつも木っ端仏

風花や薪の仏の生飯(さば)となる

曼珠沙華うしろのしょうめん捨子花

無縁墓に鬼火を伴る狐花

彼岸花　棄村に影の野辺送り

死人花　棄民が青空たれながす

竜飛崎　日傘にとまる黒揚羽

よこしまな尻は危うし親不知

ひとしれず匍いずる月山スベリヒユ

子鴉を囚えて菜の花　九十九里へ

夕焼けてシャボンの玉も帰ろかな

ひなまつり繚乱までの小焼けかな

豪勢な入り日に竹馬たちつくす

ビー玉に羽化めく日の出ことごとく

胸に棲む夜明けは二度と現れず

春遠しひねもす「真澄遊覧記」

その扉　出奔するたび戻される

その書斎　一匹狼を数匹飼い

過客の家　枯野の部屋にけもの道

孤老の家　昨日の黙(だんま)りまだおりぬ

硝子の家　骨すきとおる星のなか

核の家　やってしまったメルトダウン

砂くずす砂のおとこに加わりぬ

ながれ雲　煙霞の癖(へき)よ人肌よ

半醒の木の芽をおこす風の舌

あめのあさ花半開のポロネーズ

わらいながら戦争がくる鵙びより

沖縄を書けど描けない鵙の贄

迷い鳥　孤島に少年　囚われぬ

アカショウビン渓さく炎をうたがわず

やはり逝くのか

俳鴉　やはり逝くのかちびた下駄

俳鴉　鬼籍とベンチをシェアする

俳鴉　生きて初霜ふみあるく

俳鴉　定住漂泊ジグザグす

諧謔は媚薬とおもう俳鴉

春の夜を演じつくして俳鴉

俳鴉　落暉に翼で合掌す

亡きものと冬木にならぶ俳鴉

村すたれ七転び八起きして去る

廃村や捨巣が抱く陽のたまり

花ふぶき古事記・棄児行*へ海ゆかば

＊米沢藩士　原正弘の漢詩

廃駅や拾う神なき肥後守

蟷螂の怒りにとまどうわが獣性（けもの）

わが背（せな）でヒマワリ合唱わがグッバイ

筐底もわが胸底も白紙遺文

葷酒して午睡も許すわが柩

山笑う名残に過ぐる二三人

藪つばき残日の逢い引き爆笑す

栗笑る旅のみちづれ老少年

＊丹波栗が弾ける意の方言

人差す指　桃の咲いに近づきぬ

鬼ごっこ夕陽と案山子のこされる

晩節の案山子に臍かむ一夜あり

村すたれ癒えぬ案山子の幻影肢

旅烏　案山子の菅笠（かさ）ととっかえる

汝と我さらして吊して唐辛子

額よせておのれと呑んで辛子味噌

夕冷えの坂かけぬけて柚餅子うまし

風を切るとなりの杏子は帰国子女

胎の児ももらい欠伸や春の午後

発芽するビキニおそろし夏の午後

不意に鳴く虫はぼくです秋の午後

懲りもせず魂消すあそび冬の午後

他界人と二人羽織や盆おどり

闇の手が〃おいで〃〃まだよ〃と絡みあう

エロスたち新種の闇に溺れたる

添い遂げぬ連理の闇よ山鳩よ

まず一杯　万緑叢中*　逢えたのだ

*王安石の詩句

もう一杯　万象紅葉　別れねば

はじめての八十二歳に星ふりぬ

やがてくる八十三歳に雪ふりぬ

むかご飯なつかし老(お)ーいあっちいけ

かえれない旅の総身にどんがら汁

踏みしだく人影よりは十三里

湾の旅　バスで無口のめはり寿司

再会をとよもす日坂（にっさか）わらび餅

お姉様の高胸坂に離れ雲

シャツぬぐも皮膚はぬげない夏木立

冬木立おのが弔辞を推敲す

サルオガセ　森の老樹の脇毛かも

ガジュマルの森でぼくたち葉切り蟻

大樹下の餓鬼も馮異（ふうい）*も遠い譚

*後漢の将軍、敬称・大樹将軍

樅で吐くオヤジのごときヒキガエル

雑木林へ貎のひとつを差し入れる

雑木林の芽吹きをめぐる風の舟

雑木林　春の魚族はバタフライ

雑木林　春は浮力のいのちたち

園児らに木のぼり魚のこと話す

森の朝あやす赤子にあやされる

色鳥と風を泳いで樹に逢いに
哄笑をひきずる晩夏の大落暉

夜明けの晩に

俳鴉　夜明けの晩に行方不明

俳鴉　また悪筆で羽づくろい

俳鴉　ガレのガラスと黄昏れる

＊エミール・ガレ

俳鴉　ドレに〈いらへぬ〉大鴉

＊ギュスターヴ・ドレ／エドガー・アラン・ポオ

俳鴉〈忘じがたく候〉白薩摩

＊司馬遼太郎／沈寿官

俳鴉　信濃の土蔵と雪まみれ

秘すが花　反故は遺さぬ俳鴉

古池を枯木でのぞく俳鴉

古池やのざらしとびこむ水の音

古池や夕焼けとびこむ水の音

古池やとびこむ〈もののあわれ〉かな

古池や〈死ぬ事と見付け〉とびこみぬ

波浮港　十四五椿が手をふりぬ

笑い茸　十四五人も笑いたり

黙りこむ十四五人や核災児

密会をひやかす海猫(ごめ)の十四五羽

面(おもて)かけ一夜でかたる夢十夜

門をでて名のある猫になりすます

道草して地蔵とあそぶ野分かな

草枕ふいに百年が過ぎていた

こゝろなんて無くて覗くや潦

夏おわるそれから坑夫は影さがす

行人に明暗がある糸瓜かな

跫音も彼岸過迄のいのちかな

蜘蛛の巣の鎮もる death に風の声

＊以下四句、加島祥造さんの晩晴館にて。「あとがき」参照

夕萱の閑かな life に風の彩

唐松林(からまつ)の alone の総身に蟬しぐれ

山の水おとこふたりの escape

空と居て手練れのごとく西瓜くらう

大根をぶらさげ土手の雲と居る

行きずりに召せと通草が実をひらく

野に迷う馬は木槿に嗤われよ

鳳仙花ホモールーデンス*汚れだす

*遊びをする人（ホイジンガ）

手鏡に〝映って〟とすがる木守柿

橋ねむる鎮もるマガモは織部だろう

鳥帰る睡れぬ夜は匣ならべ

かわたれは背中で落葉とお喋りす

公園と枯葉が白昼いちゃいちゃす

始発車の私にわかに逃亡者

終列車　隅の遊子は帚星

晩秋の故なき怒り夜汽車過ぐ

夏果ての放生とおもう夜汽車の灯

ゆく夏の夜汽車の闇を掌にうける

冬ざれの夜汽車に屈葬する遊び

寝台車　老嬢は羊羹あつくきる

麦秋を黒衣のママチャリ岬まで

虹の根に捨てられ傾ぐ乳母車

雨後の森　闌けきを黄バスぬっとくる

老いの凪　胸にしまって赤提灯

すべからく老いてあざとく海鞘すする

老いた蔦　虚空の虚樹を這いのぼる

老いらくの三千世界に小町九相

漢らの万世一系や亜阿相界（ああそうかい）＊

＊サボテンの生態に似た植物、龍胆寺雄の命名

漢らの維新髭より犬ふぐり

男らに散椿めく悪女たち

男らの仮想敵なる暮色かな

井戸に棲むみ空

俳鴉　棄村の井戸に棲むみ空

俳鴉　霞に堕ちる昨日今日

俳鴉　すがめに木枯し紋次郎

俳鴉　モンローーウォーク天高し

骸骨が俳鴉（からす）のカァで開悟した

＊一休禅師

俳鴉　皇帝ダリアを股のぞく

わが顔にたが面つける俳鴉

髪に梅さしてキュンです俳鴉

往相の途中で遺言なおせぬや

のざらしも鼻水たらす初時雨

新緑と話す秘訣は葉っぱ語で

潮吹くは鯨のため息われも吹く

早春のひかりばらまく教唆犯

青春は一事不再理で単独犯

行く春や未遂におわる焼けぼっくい

夏きざす舌が舌かむ共謀罪

流星や誰か誘拐してくれないか

秋の暮　正当防衛と女子学生

酔って悩殺 actio libera in causa（アクテオ リベラ イン カウザ）*？

*原因において自由な行為、刑法理論、ラテン語

酔芙蓉　妻ある身だよ冤罪だ

昼の火事はやしておののく鬼瓦

転校生はにかみとりだす鬼の角

鬼の児を秘島へさそうモルフォ蝶

百鬼夜行ぬけだす俳鬼に鉦叩き

冥途までかける飛脚や野火の蝶

他界でも極楽トンボ翅のばす

菜の花路あの世で拾わる捨遍路*

*昔、病気や貧困から死ぬまで霊場を経巡った遍路

菜の花や浄土で死ねばまた浄土

春は危険　緊箍児（きんこじ）*しめて回ししめ

*孫悟空の頭にはめている金の輪

觔斗雲（きんとうん）の気分でラララ花ふぶき

花がすみ分身の術でくらませり

想い断つ如意棒のごとく春日傘

大杉の夢にでてくる倒木更新

老杉がお隠れしたと老梟

誰かいる　落暉と津波を背に負うて
松いっぽん遺され泛ぶマスク人

実を咬んだ過ぎし日もありヤマボウシ

ハナウツギ頬杖さびし窓の女

ワレモコウ揺らぎに倦んで空き地面（づら）
空き地面その虚無にくる野のアザミ

青き踏むバンダナ巻いて俳鴉

麦秋の空にただよう俳鴉

夕映えす水釣る老爺と俳鴉

俳鴉　地蔵の供物に木守柿

俳鴉　□△○して遊ぶ

俳鴉　係累はよまず春おしむ

俳鴉　遺偈は莫逆さいごっぺ

俳鴉　謝寅*の霙にじっと耐え

*蕪村の画名

あとがき

齋藤愼爾さんが三月に他界されました。二月に、第二十三回現代俳句大賞の受賞が決まったばかりでした。

齋藤さんは、わたしの俳諧のいちばんの理解者で支援者でした。齋藤さんとのお付き合いはそう古い事ではありません。十四五年でしょうか。あるときから俳句の誌上なんかで、わたしを俎上にあげる奇特な人がいることに気づきました。そして掲載誌を送ってくれたのが齋藤さんでした。その内、虫の俳人といわれた故・渡部伸一郎というふたりに共通の友人がいることがわかって、はじめてお会いしたのです。この間の経緯は、第六句集『風の図譜』の齋藤さんの跋「流謫と自存」に詳しく述べられています。

それから齋藤さんに導かれて、二十一年ぶりに第二句集を上梓し、いらい第九句集まで毎年刊行しました。そのたびに、深い理解と過褒な跋文をいただきました。「人生一知己を得れば足れり」の思いでした。

齋藤さんの骨揚げのとき、齋藤さんの精神は死んじゃいないんだ、と思いました。ですから、サヨナラは言いませんでした……噫。

句集について述べます。

表題の『俳鴉』は、もとよりわたしの造語です。では〈俳鴉〉とはなんぞや、ということになりそうですが、それは、それぞれのアンテナで受信していただくしかないようですが、句集を自らながめていますと両義性という言葉が浮かんだりします。

奇天烈な句も頻出しますが、すべて八十二歳の蹌踉めき、酔狂とお笑いください。

句集の構成について述べますと、各章のはじめと最終章のおわりに主題の俳鴉の句群を間歇的に配置してみました。

表紙の「鴉」の絵は、謝寅（蕪村）の双幅の傑作「鳶・鴉図」のうちの「鴉」の部分使用で、どうしても表紙に使ってみたく、髙林さんに無理をお願いしたものです。芭蕉の句〈日ころ憎き烏も雪の旦(あした)哉〉によったものといわれます。

この画幅への思いは、前句集『木漏れ人』でも、〈戻れぬとしりつつ謝寅の二鴉でいる〉と句にし、この句集でも掉尾に、〈俳鴉　謝寅の霙にじっと耐え〉

として、〈俳鴉〉の一表象として見立てての執着です。

二九頁の〈はなれ雲 一茶はアイヌに心寄せ〉の注に、「あとがき」参照としましたので簡単に説明します。

一茶は文政五年の「文政句帖」に、アイヌの和人化政策として、幕府が蝦夷地に蝦夷三官寺を建立した報に接し、

御仏やエゾガ嶋へも御誕生

などと詠んで言祝いだのですが、その後、アイヌへの和人の収奪の情報に接すると、いってん深い怒りとアイヌへの同情を示します。

銭金をしらぬ島さへ秋の暮

江戸風を吹かせて行くや蝦夷が島

来て見ればこちが鬼也蝦夷が島

商人やうそうつしに蝦夷が島

「文政句帖」文政五年四月

これらの句によって、一茶の視野が全国的な政治風土まで及んで、まさに社会性俳句の嚆矢となっていることに驚かされます。

一一三頁の「加島祥造さんの晩晴館にて」についても説明します。

詩人にして英米文学者、翻訳家、随筆家、墨彩画家、タオイストと多彩な貌

をもった加島さんは晩年、『タオ―老子』がベストセラーとなって、〈伊那谷の老子〉などと呼ばれ、加島祥造ブームを起こします。その拠点となり終の棲家となったのが伊那谷中沢の「晩晴館」です。ここは、ご存知の井上井月が放浪し行き倒れた処でもあります。

加島さんとは、『加島祥造詩集』（思潮社）の作品論を氏より指名されて執筆してからお付き合いが深くなりました。あちこちご一緒したり、晩晴館へも何度も泊まりがけで出かけたりしました。

英単語まじりの「晩晴館にて四句」は、そんな背景のもとの作です。

『俳鴉』は、第十句集になります。

俳壇の外にいるわたしがここまでこられたのは、なによりも齋藤愼爾さんと髙林昭太さんのおかげです。そして、献本させていただいた多くの俳人・詩人と友人・知己に支えられてきたことです。果報なことです。

みなさまにあらためて心より御礼申し上げます。

二〇二三年　万緑叢中

著者

原 満三寿　はら・まさじ

一九四〇年　北海道夕張生まれ
現住所　〒333-0834　埼玉県川口市安行領根岸二八一三―二―七〇八

略歴・著作

□俳句関係「海程」「炎帝」「ゴリラ」「DA句会」を経て、無所属
■句集『日本塵』『流体めぐり』『ひとりのデュオ』『いちまいの皮膚のいろはに』『風の象』『風の図譜』（第十二回小野市詩歌文学賞）『齟齬』『迷走する空』『木漏れ人』『俳鴉』
■俳論『いまどきの俳句』
□詩関係「あいなめ」（第二次）「騒」を経て、無所属
■詩集『魚族の前に』『かわたれの彼は誰』『海馬村巡礼譚』『臭人臭木』『タンの譚の舌の嘆の潭』『水の穴』『白骨を生きる』
　未刊詩集『続・海馬村巡礼譚』『四季の感情』
□金子光晴関係
■評伝『評伝　金子光晴』（第二回山本健吉文学賞）
■書誌『金子光晴』
■編著『新潮文学アルバム45　金子光晴』
■資料「原満三寿蒐集　金子光晴コレクション」（神奈川近代文学館蔵）

句集　俳鴉

二〇二三年九月三十日　初版発行

著　者　原満三寿

発行者　齋藤愼爾

発行所　深夜叢書社

郵便番号一七六―〇〇〇六

東京都練馬区栄町二―一〇―四〇三

info@shinyasosho.com

印刷・製本　株式会社東京印書館

ISBN978-4-88032-503-3 C0092